AF554883

Diego de Mendoza

Carta de Don Diego de Mendoza al capitán Salazar

Barcelona 2024
Linkgua-ediciones.com

Créditos

Título original: Carta de Don Diego de Mendoza al capitán Salazar.

© 2024, Red ediciones S.L.

e-mail: info@red-ediciones.com

Diseño de cubierta: Michel Mallard.

ISBN rústica ilustrada: 978-84-9007-980-5.
ISBN ebook: 978-84-9897-667-0.

Cualquier forma de reproducción, distribución, comunicación pública o transformación de esta obra solo puede ser realizada con la autorización de sus titulares, salvo excepción prevista por la ley. Diríjase a CEDRO (Centro Español de Derechos Reprográficos, www.cedro.org) si necesita fotocopiar, escanear o hacer copias digitales de algún fragmento de esta obra.

Sumario

Brevísima presentación

La vida

Diego Hurtado de Mendoza (1503-1575). España.

Tras muchos viajes, una vida larga y fructífera, murió en Madrid, su ciudad natal. Como otros nobles de su tiempo, don Hurtado de Mendoza fue un verdadero hombre renacentista. Sabía griego, latín, árabe e italiano. Fue diplomático, militar y, sobre todo, poeta.

Entre sus antepasados se cuentan al marqués de Santillana, don Íñigo López de Mendoza. Entre sus virtudes, sobresalen su excepcional don de gentes, su arte de la conversación, su carácter franco y abierto y su destreza en las armas.

Tuvo una carrera brillante como diplomático. Fue embajador en Italia y asistió al famoso Concilio de Trento. También fue gobernador en Siena. Diego Hurtado de Mendoza es considerado un gran poeta, lleno de emoción y sencillez, pero grandilocuente en su dominio de la forma.

Carta

Carta de Don Diego de Mendoza al capitán Salazar, sobre el libro que escribió de la derrota de los sajones, conseguida por el señor emperador Carlos V

Por ser, como es, la fama recuerdo general del mundo, ha llegado a esta corte, cargada de las victorias del Emperador nuestro señor; y pensando pasarlo como doblón de plomo, vino también cargada con un libro vuestro, dirigido cuando menos a la ilustrísima señora duquesa de Alba, en el cual se relata la victoria habida contra los sajones, con sus anexidades y dependencias; tan particularmente escrita y tan bien ordenada, como se podía esperar de hombre que lo vio todo y lo habló todo, y aun estoy por decir que vos, que lo escribís, lo hicisteis todo. Pero esta corte, como creo que lo sabréis, tiene algo de satírica, a causa de residir en ella el diablillo Obsérvalo todo; y a vueltas de la libertad que se han tomado los críticos de reprehender los vicios ajenos, se han metido igualmente en las necedades de otros, hablando con perdón de vuestra merced; y como hay entre ellos hombres de delicado juicio que quieren partir el cabello en muchas partes y hilarlo tan delgado, han puesto más calumnias en vuestro libro que tiene letras, sin tener respeto a vuestra persona ni al grado de capitán que tenéis; a cuya causa, así por ser yo de Granada, como por seros aficionado por las nuevas que de vos tengo, quise defenderos por buenas razones, pues con las armas no soy para ello; porque tengo un corazón mucho más afeminado que el que tenía Arteaga, cuando llevándole una noche consigo don Sancho de Leiva, muy armado, a parte donde le pudiera haber menester, el dicho Arteaga le preguntó que a quién quería que diera las armas que llevaba, porque no era de su profesión matar ni ser muerto. Mas, señor capitán, aunque yo fuera un Rodamonte, ¿qué hiciera, pues cuando acabé de reconocer los enemigos, hallé que eran tantos, que me fue forzoso confesar que era un bachiller de Arcadia en querer tomar sobre mis hombros defender vuestro libro? Bien sé que os parecerá flaqueza de ánimo, y creo que lo debe de ser; pero acuérdaseme de un disparate que dijo Navarrico al rey de Nápoles, que hace tanto a mi propósito, que basta para tenerme por excusado; y fue, que entrando un día llorando donde el Virrey estaba, su excelencia le preguntó: «¿Por qué lloras, Navarrico?» «Porque todos estos soldados, respondió él, dicen mal de vos»; de lo que riéndose don Pedro de Toledo, le dijo: «Pues ¿por qué no matas tú a los que dicen mal de mí?» Navarrico respondió todavía llorando: «Si fuese uno o dos, quizás lo haría; más si son tantos, y todos dicen mal de vos, ¿queréis que yo solo me mate con todos?» Tornando al propósito, no embargante que todos os calumnien y reprehendan, digo que no tienen razón, antes son unas bestias (salvo honor); y que esto sea verdad, quizás que os lo probaré, no con autoridad de soldados, sino con una de Salomón, que supo algo más que vuestra merced; el cual escribió un cierto repertorio de los tiempos, y hablando de amores con la reina vieja de Sabá, bisabuela de Tulurtin, dijo que habiéndolo visto y examinado todo, hallaba que este mundo era una vanidad de vanidades, y que de él no se saca otra cosa buena mas del placer que el hombre se toma y el bien que hace; de que se viene a inferir que vuestro libro no es solamente bueno, más aún bonísimo; la razón es ésta; y notad este puntillo de sofista: si lo bueno de este mundo es alegrarse y holgarse, ¿cuán bueno será el que da materia para que los otros se huelguen y alegren, y cuánto más bueno lo que alegra y hace holgar, y cuánto más os habéis de holgar vos, que nos habéis hecho tanto bien con vuestro libro, que jamás hombre lo leerá, por descontento que esté, que no se alegre y ría mucho con él? Y de esta manera podéis, Señor, ver, si fuésemos uno a uno, si podía yo sustentar vuestra parte y contrastar con unos reprehensores, sino que es un diablo tener que hacer con tantos. En una cosa sola no puedo negar que no tengan alguna razón vuestros envidiosos, que dicen: «¡Cuerpo ahora de Dios! si Salazar peleaba tanto, ¿cómo veía tanto? ¿Cómo, estando envuelto con los enemigos, podía ver lo que hacían los amigos? Y si él estaba delante de todos, ¿cómo podía ver lo que hacían los que estaban detrás? Y si estaba a mirar y a notar lo que todos hacían, ¿cómo se señalaba primero en todas las ocasiones?» Hablando como prácticos, me alegan a este propósito no sé qué conseja, más luenga que la esperanza de los cortesanos, de un pastor, que teniendo tantos ojos como una red, no pudo ver tanto que Mercurio no le hurtase una vaca que guardaba. «Mirad, dicen ellos, cómo Salazar andando peleando, podía aguardar a tantas hazañas, sin que se le escapase ninguna.» Vuestra merced responda por sí a esta calumnia o se la dispute; porque ellos se encierran, como lógicos, en solas dos razones: si Salazar peleaba, no veía pelear; si veía pelear, no peleaba, y si estaba delante, no veía lo que se hacía detrás. De las otras cosas que os ponen, cuando fuéremos, como he dicho, uno a uno, yo responderé por vos, y tomo desde ahora a mi cargo satisfacer a todas sus dudas, y si dijeren que por qué causa os hizo su majestad caballero, decirles he yo que fue por mofar o por suplir a natura, o fue porque lo quiso hacer él, y fue bien hecho; cuanto más que su pudo hacer a Amador, zapatero de viejo, caballero ¿por qué no hará a Salazar, cronista nuevo? Y cuando todo esto no bastare, el Emperador es justo príncipe y hombre de conciencia; ¿por qué os había de negar un espaldarazo con un «Dios os haga buen caballero», no costándole nada de su casa, y habiéndolo vos merecido más que el pan de la boca?

Y si me preguntasen en qué o cuándo estudiasteis autoridades de romanos, que así las alegáis en vuestro libro, decirles he yo que no saben lo que se dicen; porque si vos estudiasteis nada, y una palabrilla de Comentarios dicha por vía de comparación se pudo alegar acaso sin mirar en ello y sin mirar lo que decíades; cuando a uno se le suelta un pedo entre damas, que hace lo que nunca pensó hacer y lo que no quisiera haber hecho. Donosa cosa es. Con que, ¿pudo Boscán, siendo quien era, peerse delante de su dama descuidadamente, y no podéis vos, siendo quien sois, soltar una autoridad entre el acatamiento de vuestro libro, sin haber leído ni estudiado?

Si me dijeren que cómo matábades y hendíades vos solo tantos hombres el día de la derrota de Albis, direles yo que una cosa es huir y otra el seguir, y que yo, con ser un etcétera, me bastaba el ánimo a hacer tajadas al Lansgrave, si huyese de mí, mientras no me volviese el rostro; cuanto más vos, que, demás de ser quien sois, estáis encarnizado en higadillos de tudescos, que deben saber o sacar tonadas de cómo todo lo componen a estocadas; más ¿quién no fuera entonces valiente, viendo estar peleando su señor natural, y más si tuviera, como tenéis vos, un título de capitán a las ancas? El cual, aunque sea prendido con alfileres, como el don de la sevillana, vale más para lo del mundo que el grado de caballero que os han dado.

En una cosa estoy confuso, y es, que si por cubrir las faltas de vuestro libro, les dijere que tengan respeto que vos no sois cronista, como lo decís en él, y que lo escribisteis en pocas horas, y en aquellas que habíades de reposar, tengo temor que algunos de estos diablos respondan lo que respondía Apeles a un pintor gafo, el cual habiéndole mostrado una imagen que había hecho, viendo que Apeles hacía con ojos y rostro señales de admiraciones, pensando que se maravillaba de la perfección de ella, le dijo: «Pues más quiero que sepáis, para que os maravilléis más, y es que la he hecho en tantas horas», señalándole un tiempo brevísimo; al cual el buen Apeles respondió: «no me maravillo de eso, sino cómo en estas pocas horas no has hecho otras mil imágenes como esta». Pero, señor capitán, no hay estocada sin reparo; no se os dé nada, que si acaso me lo dijesen, decirles he el cuento de Miguel Ángel, sacado a la letra de un trasunto del Cortesano, en romance, cuando dijo a uno que tachaba un cuadro suyo: «Vos, que sois tan gran pintor, tomad el pincel y pintadme una calabaza». Salgan, cuerpo de mí, estos petrarquistas y estos cronistas que presumen tanto, hagan ellos otro libro como vos habéis hecho, y reírnos hemos de ellos y de su libro, como se ríen ellos de vos y del vuestro. No es mal punto este, señor Salazar.

También podría ser que algunos dijesen que tomasteis la empresa de cronista, no lo siendo, y que quisisteis hacer regalo a nuestro amo, a riesgo de que os cargasen de sátiras; pero vénganse los bufones, vénganse a mí, pues les quiero probar que no saben del mundo tanto como vos, ni la mitad; porque si así no fuese, no sabrían los... no me lo hagan decir, que cuando Dios llueve, ni más ni menos llueve para los ruines que para los buenos, y cuando el Sol muestra su cara de oro, igualmente la muestra a los pícaros de la corte como a los cortesanos de ella. Pero notad por mi vida esta comparación que se me viene a la boca. Si los que os reprehenden estuviesen o hubiesen estado en Málaga, donde se tiran las juvejas, habrían visto que cuando sale alguna muy llena de pescado, cogen los pescadores lo mejor y más grueso para señor de la jujeva, dejando lo menudo y que menos vale a la gente pobre que quiere llegar a tomarlo. Pues ¿qué otra cosa ha sido esta victoria de Sajonia, sino una red grande de pescado, donde los cronistas del dueño de la armadija cogerán, como creo habrán cogido, lo bueno, y de lo bueno lo mejor, de tantas hazañas, para dejarlo escrito por pompa del mundo y para mayor gloria suya y de sus sucesores? Pero siendo tanto, a viva fuerza han de dejar lo que no vale ni importa tanto a los pobretes que quisieren coger y valerse de ello. Y no os parezca mal esta comparación, la tengáis en menos por haber sido baja y material, pues las buenas comparaciones han de ser palpables y tratables y que se dejen entender; cuanto más que el buen ballestero suele poner el punto según la mira, y tenerle bajo cuando quiere dar en el suelo.

Dicen que habéis hecho mercancía de vuestra habilidad, y que será bueno por esto el haber escrito vuestro libro. Peor hizo el conde don Julián, que vendió a su patria. Hagamos cuenta que vuestro libro es un huerto lleno de puerros, de ajos y de cebollas, que no las habíades menester; ¿a quién parecerá mal haberlas sacado a vender a la plaza? Porque es gran cosa vivir los hombres de industria. Si es de sabios mudar consejo, ¿por qué no pudisteis vos, si os hallábades mal con la ley del guerrero, pasaros a la de escritor? Y si el Duque se agraviare de que hayáis puesto la lengua tras de él, aunque sea para alaballe, y dijese acaso: «Mirad, por amor de Dios, que la vuestra es trompa de Homero, digna no solamente de ser codiciada, pero aún suspirada y llorada, como la suspiró y lloró Alejandro;» decidle vos, pues estáis allá, que acorte él sus victorias, si no quiere que os alarguéis vos a escribirlas; que no haga él cosas dignas de tan gloriosa memoria y fama, si no quiere que quedéis vos corto escribiéndolas; y en suma, que si el vuestro no es ingenio de tan alto sujeto, que tanta culpa tienen sus hazañas de no dejarse contar como vuestra ignorancia en no saberlas escribir. Cuanto más, que si no valiéredes por testamento, valdréis por codicilio, que sería como si dijésemos: «Si Salazar no vale un maravedí para trompeta del Duque, valdrá para cronista extravagante.» Y aún decidle, si os pareciere, que si vos no sois tal como Hornero, tampoco Agamenón era tal como Carlo Magno, ni Aquiles como don Fernando de Toledo, y veréis cómo con su propio loor les coséis las bocas, que no osarán replicar.

Pues lléguensemelo a decir que fue mala la consideración de poner en el libro los estandartes y banderas que se ganaron en la batalla, y las medidas de ellos y de ellas, y veréis cómo les santiguo los bigotes. Por Dios, que me parece a mí que fueron aquellas banderas en aquel libro lo mismo que las especias, salsas y el azúcar en los potajes, y que así como sin esto lo que se come no tiene gusto ni sabor, así el libro sin aquellas pinturas no tuviera con qué entretener a las muchachos; porque a la verdad, un libro sin pinturas es como un templo de luteranos, que no tiene crucifijo ni santo a que volver los ojos.

Y si quieren decir, como han dicho, que aquí han visto otra relación de las banderas y estandartes, enviada al cardenal Fernes, y difieren en la medida, porque en las unas hay un dedo más, y en las otras un canto de real de menos de anchura y de largura, digo que, ya que esto sea error, es digno de perdón, pues nada va en ello; vos podéis tener el palmo más largo que otro que las midió, y tampoco sois vos lencero, aunque lo parecéis, que hayáis de mirar en esas miserias; pues ponellas allí sacadas del natural fue muy buen acuerdo, porque cuando se mezclaren con las otras que los pasados del Duque ganaron, conozca cada uno lo suyo y pueda decir: «Estas me dejó mi padre.» En una cosa tuvisteis descuido, y fue que, como pusisteis aquellos garabatos en todas ellas y aquellas letras, no os acordasteis de poner la etimología de ellas y de ellos; puesto que un tudesco que hace aquí vidrieras dice que la V., la D., la M., la Y. y la E. quieren decir: Verbum Domini manet in aeternum. Lo demás interpretadlo vos, pues sois cronista.

Lo que yo, como vuestro amigo, quiero reprehenderos, porque me parece digno de reprehensión, es que siendo español, y escribiendo a una dama española y de tales prendas, que os obligaba a grandísima consideración, usáis de ciertos vocablos italianos insinuados y que no los conocerá Galbán, y será menester que si la excelentísima Duquesa quisiere, por desenfadarse, leer en vuestro libro, tenga un Calepino delante que lo construya o interprete y declare. ¿Para qué decís hostería, si os entendieran mejor por mesón? ¿Por qué estrada, si es mejor y más claro camino? ¿Para qué forraje, si es mejor decir paja? ¿Para qué foso, si se puede decir mejor casa?, ¿lanzas, y no hombres de armas?, ¿emboscadas, y no celadas?, ¿corredores, y no adalides?, ¿marcha, y no camina?, ¿el caz, y no el vado?, ¿indignación en lugar de devoción? y otros mil de esta calidad, los cuales, pues aún siendo vuestro amigo me parecen mal, ¿qué harán a quien no lo es? Mal gozo vea yo de una expectativa que tengo en Granada, en la que he puesto tanta esperanza como vos en vuestros memoriales, si no me han amohinado tanto los vocablos que he dicho y otros que por la amistad dejo de decir, que no ha estado en dos dedos para entrar en la conjura y decir mal de vuestro libro, que fuera otro que palabras; y porque tengo razón, deciros he lo que pasa.

Salió una vez de Logroño un mozuelo, hijo de una viuda y un sastre ya difunto, y determinose de ir a ver mundo. Llegó hasta Tolosa, en Francia, que no está mil leguas de allí, donde estuvo cinco o seis días, y habiéndosele resfriado la cólera, y sintiendo la falta de los regalos de la madre, acordó volverse, y para el camino hizo compañía con otro mozuelo francés que iba a Santiago. Llegando pues el mozo con el amigo en casa de su madre, fue bien recibido, y no embargante que no había aún veinte días que había partido de allí, hacia tanta profesión de la lengua francesa, que no hablaba palabra castellana; antes, preguntándole la madre cómo venía y cómo le había ido por el camino, el hijo la respondió: Mamera, parle bus á Pierres, é Pierres parlera á moé, y mostrábala, diciendo esto, al muchacho francés para que hablase con él, que la entendería mejor, y la cuitada de la madre replicaba : «¡Triste de mí, hijo mío, que no ha veinte días que partisteis de aquí, y te se ha olvidado ya tu lengua! ¿No ves que aún te traes los zapatos que llevasteis? ¿Por qué no hablas en lengua que te entienda?» A lo cual el hijo no respondió más que preguntar al muchacho francés qué era lo que su madre decía. Entended por lo dicho lo que quiero decir.

Conviene a saber, que hable vuestra merced la lengua de su tierra, y no la materna, sino la moderna que se habla en Granada desde el año de 1492 a esta parte, y deje a Pierres hablar la lengua que se le antojare; y si vuestra merced hace esto, yo me mataré con quien dijere que hay falta en vuestro libro. Mirad lo que importa hablar el hombre como valiente con los que aparentan serlo. No puedo estar de risa en acordarme del cardenal Bembo, que habrá poco tiempo fue A porta inferi, el cual se quemó toda su vida las pestañas y aún los ojos para escribir los Anales de Venecia, no habiendo en ellos cosa que pudiera ser leída sino la jornada de Previca, y vos antes llegar al beabá os bastó el ánimo a tomar sobre vuestras espaldas un peso que no llevara el gigante Atlante. ¡Bienaventurado capitán Salazar, que tan alto osaste levantar tus pensamientos, que la empresa de tal libro osaron emprender! ¡Bienaventurado libro, que desnudo de estilo, de tantas y tan gloriosas hazañas vas vestido y ordenado! Y más que todo, ¡bienaventuradas hazañas, pues cuando los cronistas no saben ni osan atreverse a escribir la menor parte de ellas, rebosan por la boca y libro de Salazar! ¡Éstos sí que son loores del autor! ¡Esto sí que es retórica nueva! ¡Esto sí que es estilo heroico y elegancia de hablar! ¿Paréceos, amigo, que sabría yo hacer un medio libro de don Florisel de Niquea, y que sabría yo irme por aquel estilo de alforjas que parece al juego de «este es el gato que mató al ratón», etc., y que sabría decir « la razón de la razón, que tan sin razón por razón tengo», para alabar vuestro libro? Estas voces, esta elocución hay en él; así os explicáis en todas sus cláusulas. ¡Qué cadencia! ¡Qué frases tan admirables! Viva el autor de esta maravilla. Vos habéis sabido labrar vuestra dicha con cosas que nadie entiende. Por esto vale más buena ventura que mala ganancia. Veis ahí al obispo de Mondoñedo, que hizo (y no debiera) aquel libro del Menosprecio de la corte y alabanza de la aldea, que no hay quien no lo celebre, como tenga el gusto bien acondicionado, y con todo, solo ha merecido algunos aplausos de los que son verdaderos sabios; pero otros le han hecho mil injurias, porque no saben hacer otra cosa. Y esto es, que su ilustrísimo autor, sin ser un gran filósofo, mayor teólogo, jurisconsulto célebre y perfecto humanista, nada más sabe; y vos, que aunque nada habéis estudiado, habéis andado, visto, hecho y peleado, servido, escrito y hablado más que todo el ejército junto que envió la santidad de nuestro santo padre a esa guerra, no tenéis otros elogios por vuestra grande obra que los míos; y siempre os aconsejaré que os andéis a inmortalizar los hombres con vuestros escritos, para que supliquen al Emperador, nuestro señor, que os mate la hambre; pero no se os dé nada de esto, porque para vos todo es poco, y más vale vuestra virtud y habilidad que mil ducados de deuda; cuanto más que aquí se ha dicho por cosa cierta que su majestad os quiere dar el hábito de Santiago, sin que toméis el trabajo de hacer probanzas, en recompensa de lo que habéis servido y de lo mucho que habéis trabajado en componer vuestro libro, tan lleno de doctrina y de bello estilo, que acaban de proponerle para enseñar por él a hablar bien a los mudos de nación. En fin, pillad vuestro hábito, y advertid que cuando se le dio la Reina Católica a Rincón el viejo, él dijo: «Su alteza me ha hecho poner esta cruz porque no se meen en mí».

Acuérdaseme, mientras voy escribiendo estas locuras, un donaire que escribió en una epístola Cicerón a Marco Cecilio Rufo, en la cual, tratando de un cierto amigo de los dos, dice estas palabras: «¿Qué más queréis, sino que cuanto más me acuerdo de él, casi me trasformo en él?» queriendo inferir que, siendo el amigo que he dicho vacío del tercio primero, hablando con él se tornaba tan loco como él.

Ahora, señor Salazar, yo me canso, y tocan las campanillas, y si me tardase más, sería necesario irme a comer a un bodegón; por lo cual, acabo con deciros que sois diestro, y pues os muestro, como buen esgrimidor, en esta carta la mayor parte de las ofensas y defensas de vuestro libro, no lo tengáis en poco, que si vos supiéredes la defensa, no os ofendiera el tudesco en Nuremberg. No estéis ocioso en escribir, daos prisa a componer libros y a imprimirlos, que no serán tan malos que no hallaréis quien los compre. Con esto iba a concluir; pero antes debo advertiros una cosa, y es, rogaros que no os enojéis con esta carta ni me queráis mal por ello, ni menos hagáis diligencia por saber quién os la escribe; básteos que os jure en ley de hombre de bien, que soy vuestro amigo y que os quiero más que el Duque; y si me dijéredes que no se me parece en la carta, respondo que no hay hábito tan malo ni tan peligrosa compilación como la de los donaires, los cuales tienen estrecho parentesco con ciertos desahogos de la naturaleza, los que en queriendo salir, si se detienen, causan dolores de tripas, cólicos y otras mil desaventuras. A mí me vinieron a la boca estos disparates oyendo leer vuestro libro en casa del Embajador, y no osándolos fiar de nadie, por amor vuestro, ni pudiéndolos tener secretos en el cuerpo, fui forzado a echarlos fuera de la manera que veis; pero si vos sois tan cortesano como valiente, cosa que no puede ser, respondedme, y veréis que si acertáis a llevarme el contrapunto, holgaréis de descartaros conmigo; pero, si queréis jugar y os metiéredes en la baraja, tratadme lo peor que podáis, hacedme un libelo y guardad la cara al basto; triunfad del manjar que quisiésedes, con tal que no sea de espadas; porque, como tengo dicho, no soy pizca valiente ni valgo nada para pelear, y en tal caso tendré por menor mal que juguéis de bastones o de varapalos, como decía don Juan Pacheco. Mi nombre hallaréis aquí debajo, y si por él no me conosciésedes, no curéis más de ello; baste que si quisiésedes responder, lo podéis hacer encaminando vuestra carta a mí con el sobrescrito así: «Al Bachiller, en manos del señor Diego de Mendoza, nuestro embajador»; que su señoría tendrá cuidado de dármela; pero torno a avisaros que miréis lo que hacéis, y que juguéis limpio y de llano, pues no hay para qué dejemos de ser amigos, y se recomienda a vos, El Bachiller.

Fin de la carta de don Diego de Mendoza

Libros a la carta

A la carta es un servicio especializado para
empresas,
librerías,
bibliotecas,
editoriales
y centros de enseñanza;
y permite confeccionar libros que, por su formato y concepción, sirven a los propósitos más específicos de estas instituciones.

Las empresas nos encargan ediciones personalizadas para marketing editorial o para regalos institucionales. Y los interesados solicitan, a título personal, ediciones antiguas, o no disponibles en el mercado; y las acompañan con notas y comentarios críticos.

Las ediciones tienen como apoyo un libro de estilo con todo tipo de referencias sobre los criterios de tratamiento tipográfico aplicados a nuestros libros que puede ser consultado en Linkgua-ediciones.com.

Linkgua edita por encargo diferentes versiones de una misma obra con distintos tratamientos ortotipográficos (actualizaciones de carácter divulgativo de un clásico, o versiones estrictamente fieles a la edición original de referencia).

Este servicio de ediciones a la carta le permitirá, si usted se dedica a la enseñanza, tener una forma de hacer pública su interpretación de un texto y, sobre una versión digitalizada «base», usted podrá introducir interpretaciones del texto fuente. Es un tópico que los profesores denuncien en clase los desmanes de una edición, o vayan comentando errores de interpretación de un texto y esta es una solución útil a esa necesidad del mundo académico.

Asimismo publicamos de manera sistemática, en un mismo catálogo, tesis doctorales y actas de congresos académicos, que son distribuidas a través de nuestra Web.

El servicio de «libros a la carta» funciona de dos formas.

1. Tenemos un fondo de libros digitalizados que usted puede personalizar en tiradas de al menos cinco ejemplares. Estas personalizaciones pueden ser de todo tipo: añadir notas de clase para uso de un grupo de estudiantes, introducir logos corporativos para uso con fines de marketing empresarial, etc. etc.

2. Buscamos libros descatalogados de otras editoriales y los reeditamos en tiradas cortas a petición de un cliente.

www.ingramcontent.com/pod-product-compliance
Lightning Source LLC
LaVergne TN
LVHW090937230826
846093LV00009BA/462

9788490079805